（漢）曹操　（唐）杜牧等　注

十一家注孫子

四

國家圖書館出版社

十一家註孫子卷下

地形篇

曹操曰欲戰審地形以立勝也○李筌曰軍出之後必有地形變動○王晳曰地利當周知險隘支挂之形也○張預曰凡軍有所行先五十里內山川形勢使軍士伺其伏兵將乃自行視地之勢因而圖之知其險易故行師越境審地形而立勝故次行軍

孫子曰地形有通者梅堯臣曰道路交達有挂者梅堯臣曰網羅之地往必掛綴有支者梅堯臣曰相持之地有隘者梅堯臣曰兩山通谷之間有險者梅堯臣曰山川丘陵也有遠者曹操曰此六者地之形也○梅堯臣曰平陸也○杜佑曰此六地之名數民居之得便利則勝也○張預曰地形有此六者之別也我可以往彼可以來曰通杜佑曰謂俱在平陸往來通利也○張預曰俱在平陸往來通達通形者先居高陽利糧道以戰則利曹操曰寧致人無致於人○李筌曰先之以待敵○杜牧曰通者四戰之地須先據高陽之處勿使敵人先得而我後至也利糧道者每於津阨或敵人要衝則築壘或作甬道以護之○賈林曰通利者無有岡坂亦無要害故兩通往來處高易于望候向陽視生通糧道便易轉運於此利於戰也○杜佑曰寧致人無致於人己先據高地分爲屯守於歸來之路無使敵絕己糧道也○梅堯臣曰先據高陽利糧道阨敵人來至我戰則利○王晳註同曹操○何氏同杜佑註○張預曰先處戰地以待敵則致人而不致於人我雖居高面陽坐以致敵亦慮敵人不來赴戰故須使糧餉不絕然後爲利可以往難以返曰挂杜佑曰掛者牽掛也挂形者敵無備出而勝之敵若有備出而不勝難以返不利李筌曰往不宜返曰挂○杜牧曰挂者險阻之

地與敵共有犬牙相錯動有挂礙也往攻敵敵若無備攻之必勝則雖與險阻相錯敵人已敗不得復邀我歸路矣若往攻敵人敵人有備不能勝之則為敵人守險阻邀我歸路難以返也○陳皥曰不得已陷在此則須為持久之計掠取敵人之糧以伺利便而擊之○杜佑曰敵無備出攻之勝可也有備不得勝之則難還返也○梅堯臣曰出其不意往則獲利若其有備往必受制○張預曰察知敵情果為無備一舉而勝之則可矣若其有備出而弗克欲戰則不可留欲歸則不得返非所利也

我出而不利彼出而不利曰支杜佑曰支久也俱不便久相持也○張預曰各守險固以相支持

支形者敵雖利我我無出也引而去之令敵半出而擊之利李筌曰支者兩俱不利如挂之形故各分其勢○杜牧曰支者我與敵人各守高險對壘而軍中有平地狹而且長出軍則不能成陳遇敵則自下禦上彼我之勢俱不利便如此則堂堂引去伏卒待之敵若躡我俟其半出發兵擊之則利若敵人先去以誘我我不可出也○陳皥曰此說理繁而語倒但彼此出軍地形不便敵若設利誘我而去我慎勿追之我若引去敵止則已若來襲我俟其半出則急擊之○賈林曰支者隔險隘可以相要截足得相支持故不利先出也○杜佑曰利利我也佯背我去我無出逐待其引而擊之可敗也○梅堯臣曰各居所險先出必敗利而誘我我不可愛僞去引敵半出而擊○王晳曰敵不肯至則設奇伏而退且詭之令必出○張預曰利我謂佯背我去也不可出攻我捨險則反為所乘當自引去敵若來追伺其半出行列未定銳卒攻之必獲利焉李靖兵法曰彼此不利之地引而佯去待其半出而邀擊之

隘形者我先居之必盈之以待敵杜佑曰盈滿也以兵陳滿隘形欲使敵不得進退也

若敵先居之盈而勿從不盈而從之曹操曰隘形者兩山間通谷也敵勢不得撓我也我先居之必前齊隘口陳而守之以出奇也敵若先居此地齊口陳勿從也即半隘陳者從之而與敵共此利也○李筌曰盈平也敵

先者隘我去之趙不守井陘之口韓信下之陳豨不守漳水高祖下之是也○杜牧曰盈者滿也言遇兩山之間中有通谷則須當山口爲營與兩山口齊如水之在器而盈滿也○杜佑曰謂齊口亦滿也如水之滿器與口齊也若我居之平易險阻皆制在我然後出奇以制敵若敵人據隘之半不知齊口滿盈之道我則入隘以從之蓋敵亦在隘我亦在隘俱得地形勝敗在我不在地形也夫齊口盈滿之術非惟隘形獨解有口譬如平坡迴澤車馬不通舟楫不勝中有一逕亦須據其路口使敵不得進也諸可知矣○陳皡曰隘口言陳是也言營非也○賈林曰從逐也盈實也敵若實而滿之則不可逐討若虛而無備則入而討之○梅堯臣同杜牧註○王晳同曹操註○張預曰左右高山中有平谷我先至之必齊滿山口以爲陳使敵不得進也我可以出奇兵彼不能以撓我敵若先居此地盈塞隘口而陳者不可從也若雖守隘口俱不齊滿者入而從之與敵共此險阻之利矣起曰無當天竈天竈者大谷之口言不可迎隘口而居之也

險形者我先居之必居高陽以待敵 杜佑曰居高陽之地以待敵人敵人從其下陰而來擊之則勝

若敵先居之引而去之勿從也 曹操曰地形險隘尤不可致於人○李筌曰若險阻之地不可後於人○杜牧曰險者山峻谷深非人力所能作爲必居高陽以待敵若敵人先據之必不可以爭則當引去陽者南面之地恐敵人持久我居陰而生疾也今若於崤澠遇敵則先據北山此乃是面陰而背陽也高陽二者止可捨陽而就高不可捨高而就陽孫子乃統而言之也○杜佑曰地險先據則不致於人也○梅堯臣曰先得險固居高就陽待敵則強敵苟先之就戰則殆引去勿疑○王晳曰此亦爭地若唐太宗先據武牢以待竇建德是也○張預曰平陸之地尚宜先據況險阸之所豈可以致於人故先處高陽以佚待勞則勝矣若敵已據此地宜速引退不可與戰裴行儉討突厥嘗際晚下營塹壘方周忽令移就崇岡將士不悅以謂不可勞衆行儉不從速令徙之是夜風雨暴至前設營所水深丈餘將吏驚服以此觀之居高陽不惟戰便亦無水潦之患也

遠形者勢均難以挑戰戰而不利 曹操

曰挑戰者延敵也○李筌曰力敵而挑則利未可知也○杜牧曰譬
如我與敵壘相去三十里若我來就敵壘而延敵欲戰者是我困敵
銳故戰者不利若敵來就我壘延我欲戰者是我佚敵勞敵亦不利
故言勢均然則如何曰欲必戰者則移相近也○陳皞曰夫與敵營
壘相遠兵力又均難以挑戰戰則不利故下文云勢均以一擊十曰
走是也夫挑戰先須料我兵衆強弱可以加敵則爲之不然則不可
輕進自取敗也○孟氏曰兵勢既均我遠入挑則不利也○杜佑曰
挑迎敵也遠形去國遠也地勢均等無獨便利先挑之戰不利也○
梅堯臣曰勢既均一挑戰則勞致敵則佚○王晳曰以遠致我勞也
○張預曰營壘相遠勢力又均止可坐以致敵不宜挑人而求戰也

凡此六者地之道也將之至任不可不察也

李筌曰此地形之勢也將不知者以敗○賈林曰天生地形可以目
察○梅堯臣曰夫地形者助兵立勝之本豈得不度也○張預曰六
地之形將不可不知

故兵有走者有弛者有陷者有崩者

有亂者有北者凡此六者非天之災將之過
也

賈林曰走弛陷崩亂北皆敗壞大小變易
之名也○張預曰凡此六敗咎在人事

夫勢均以一擊十曰走

曹操曰不料力○李筌曰不量力也若得形便之地
用奇伏之計則可矣○杜牧曰夫以一擊十之道先
須敵人與我將之智謀兵之勇怯天時地利飢飽勞佚十倍相懸然
後可以奮一擊十若勢均力敵不能自料以我之一擊敵之十則須
奔走不能返舍復爲駐止矣○梅堯臣曰勢雖均而兵甚寡以寡擊
衆必走之道也○王晳曰不待鬬而走也○張預曰勢均謂將之智
勇兵之利鈍一切相敵也夫體敵勢等
自不可輕戰況奮寡以擊衆能無走乎

卒強吏弱曰弛

曹操曰吏
不能統故弛壞○杜牧曰言卒伍豪強將帥懦弱不能驅率故弛坼
壞散也國家長慶初命田布帥魏以伐王廷湊布長在魏魏人輕易
之數萬人皆乘驢行營布不能禁居數月欲合戰兵士潰散布自剄
身死○賈林曰令之不從威之不服見敵則亂不壞何爲○梅堯臣

曰吏無統率者則軍政弛壞○王晳同曹操註○何氏曰言卒伍豪強將帥懦弱不能驅領故弛圻壞散也○張預曰士卒豪悍將吏懦弱不能統轄約束故軍政弛壞也吳楚相攻吳公子光曰楚軍多寵政令不一帥賤而不能整無大威命楚可敗果大敗楚師也

吏強卒弱曰陷 曹操曰吏強欲進卒弱輒陷敗也○李筌曰陷敗也卒弱不一則難以為戰是以強陷也○杜牧曰言欲為攻取士卒怯弱不量其力強進之則陷沒於死地也○陳皞曰夫人皆有血氣誰無鬬敵之心若將乏刑德士乏訓練則人皆懦怯不可用也○賈林曰士卒皆羸鼓之不進吏強獨戰徒陷其身也○堯梅臣曰吏雖強進不能激之以勇故陷於死○王晳曰為下所陷○張預曰將吏剛勇欲戰而士卒素乏訓練不能齊勇同奮苟用之必陷於亡敗

大吏怒而不服遇敵懟而自戰將不知其能曰崩 曹操曰大吏小將也大將怒之而不厭服忿而赴敵不量輕重則心崩壞○李筌曰將為敵所怒不料強弱驅士卒如命者必崩壞○杜牧曰春秋時楚子伐鄭晉師救

之伍參言於楚子曰晉之從政者新未能行令其佐先縠剛愎不仁未肯用命其三帥者專行不獲聽而無上衆無適從此行也晉師必敗晉魏錡求公族未得而怒欲敗晉師請致師不許請使許之遂往請戰而還趙旃求卿未得請挑戰不許召盟許之與魏錡皆命而往郤克曰二憾往矣弗備必敗隨會曰若二子怒楚楚人乘我喪師無日矣不如備之先縠曰不可隨會使鞏朔韓穿師七覆於敖前故上軍不敗而中軍下軍果敗七覆七處伏兵也敖山名也○陳皞曰此大將無理而怒小將使之心內懷不服因緣怨怒遇敵便戰不顧能否所以大敗也○賈林曰自上墮下曰崩大吏小將不相壓伏崩壞之道將又不量己之能否不知卒之勇怯強與敵鬬自取賊害豈非自上而崩乎○梅堯臣曰小將心怒而不服遇敵懟而不顧自取崩敗者蓋將不知其能也○王晳曰謂將怒不以理且不知裨佐之才激致其兇懟如山之崩壞也○何氏曰三軍同力上下一心則勝也○張預曰大凡百將一心三軍同力則能勝敵今小將恚怒而不服於大將之令意欲俱敗逢敵便戰不量能否故必崩覆晉伐秦荀偃行令是也曰雞鳴而駕唯余馬首是瞻欒書怒曰晉國之命未是

有也遂棄之歸又趙穿惡史駢而逐秦魏錡怒晉師而乘楚

將弱不嚴教道不明吏卒無常陳兵縱橫曰亂曹操曰為將若此亂之道也○李筌曰將或有一於此亂之道也○杜牧曰言吏卒皆不拘常度故引兵出陳或縱或橫皆自亂之也○賈林曰威令既不嚴明士卒則無常稟如此軍幕不亂何為謂將無嚴令賞罰不行之故○梅堯臣曰懦而不嚴則士無常檢教而不明則出陳縱橫不整亂之道也○王晳曰亂者不勝其敗○張預曰將弱不嚴謂將帥無威德也教道不明謂教閱無古法也吏卒無常謂將臣無久任也陳兵縱橫謂士卒無節制也為將若此自亂之道

將不能料敵以少合衆以弱擊強兵無選鋒曰北曹操曰其勢若此必走之兵也○李筌曰軍敗曰北不料敵也○杜牧曰衛公李靖兵法有戰鋒隊言揀擇敢勇之士每戰皆為先鋒司馬法曰選良次兵益人之強註曰勇猛勁捷戰不得功後戰必選於前當以激致其銳氣也東晉大將軍謝玄

北鎮廣陵時苻堅強盛玄多募勇勁劉牢之何謙諸葛侃高衡劉軌田洛孫無終等以驍猛應募玄以牢之領精銳為前鋒百戰百勝號為北府兵敵人畏之所向必克也○賈林曰兵鋒不選利鈍士卒不知勇怯如此用兵自取背道也○梅堯臣曰不能量敵情以少當衆不能選精銳以弱擊強皆奔北之理也○何氏曰夫士卒疲勇不可混同為一一則勇士不勸疲兵因有所容出而不戰自敗也故兵法曰兵無選鋒曰北昔齊以伎擊強魏以武卒奮秦以銳士勝漢有三河俠士劍客奇材吳謂之解煩齊謂之決命唐謂之跳盪是皆選鋒之別名也兵之勝術無先於此凡軍衆既具則大將勒諸營各選精銳之士須趫健出衆武藝軼格者部為別隊大約十人選一人萬人選千人所選務寡要在必當擇腹心健將統率自大將親兵前鋒奇伏之類皆品量配之也○張預曰設若奮寡以擊衆驅弱以敵強又不選驍勇之士使為先鋒兵必敗北也凡戰必用精銳為前鋒者一則壯吾志一則挫敵威也故尉繚子曰武士不選則衆不強曹公以張遼為先鋒而敗鮮卑謝元以劉牢之領精銳而拒苻堅是也

凡此六者敗之道也陳皡曰一

曰不量寡衆二曰本乏刑德三曰失於訓練四曰非任輿怒五曰法令不行六曰不擇驍果此名六敗也

將之至任不可不察也

張預曰已上六事必敗之道

夫地形者兵之助也

杜牧曰夫兵之主在於仁義節制而已若得地形可以爲兵之助所以取勝也助一作易○陳皞曰天時不如地利○孟氏曰地利待人而險○賈林曰戰雖在兵得地易勝故曰兵之易也山可障水可灌高勝卑險勝平也○王晳曰兵道則在人○張預曰能審地形者兵之助耳乃末也料敵制勝者兵之本也

料敵制勝計險阨遠近上將之道也

杜牧曰饋用之費人馬之力攻守之便皆在險阨遠近也言若能料此以制敵乃爲將臻極之道○王晳曰料敵窮極之情險阨遠近之利害此兵道也○何氏曰知敵知地將軍之職○張預曰既能料敵虛實強弱之情又能度地險阨遠近之形本末皆知爲將之道畢矣

知此而用戰者必勝不知此而用戰者必敗

杜牧曰謂知險阨遠近也○梅堯臣曰將知地形又知軍政則勝不知則敗○張預曰既知敵情又知地利以戰則勝俱不知之以戰即敗

故戰道必勝主曰無戰必戰可也戰道不勝主曰必戰無戰可也

李筌曰得戰勝之道必可戰也失戰勝之道必無戰可也立主人者發其行也○杜牧曰主者君也黃石公曰出軍行師將在自專進退內御則功難成故聖主明王跪而推轂曰閫外之事將軍裁之○孟氏曰寧違於君不逆士衆○梅堯臣曰將在軍君命有所不受○張預曰苟有必勝之道雖君命不戰可必戰也苟無必戰之道雖君命必戰可不戰也與其從令而敗事不若違制而成功故曰軍中不聞天子之詔

故進不求名退不避罪

王晳曰皆忠以爲國也○何氏曰進豈求名也見利於國家士民則進也退豈避罪也見其蹙國殘民之害雖君命使進而不進罪及其身不悔也

唯人是保而利合於主國之寶也

李筌曰進退皆保人非爲身也○杜牧曰進不求戰勝之名退不避違命之罪也如此之將國家之珍寶言其少得也○陳皥曰合獨歸也○梅堯臣曰寧違命而取勝勿順命而致敗○王晳曰戰與不戰皆在保民利主而已矣○張預曰進退違命非爲己也皆所以保民命而合主利此忠臣國家之寶也

視卒如嬰兒故可與之赴深谿

視卒如愛子故可與之俱死

李筌曰若撫之如此得其死力也故楚子一言三軍之士皆如挾纊也○杜牧曰戰國時吳起爲將與士卒最下者同衣食臥不設席行不乘騎親裹贏糧與士卒分勞苦卒有病疽吳起吮之其卒母聞而哭之或問曰子卒也而將軍自吮疽何爲而哭母曰往年吳公吮其父其父不旋踵而死於敵今復吮此子妾不知其死所矣○梅堯臣曰撫而育之則親而不離愛而勗之則信而不疑故雖死與死雖危與危○王晳曰以仁恩結人心也○何氏曰如後漢段熲爲破羌將軍以征西羌行軍仁愛士卒傷者親自瞻省手爲裹瘡在邊十餘年未嘗一日蓐寢與將士同苦故皆樂爲死戰也

晉王濬爲巴郡太守郡邊吳境兵士苦役生男多不舉濬乃嚴其科條寬其徭課其產育者皆與休復所全活者數千人及後伐吳先在巴郡之所全活者皆堪徭役供軍其父母戒之曰王府君生爾爾必勉之無愛死也故吳子有父子之兵○張預曰將視卒如子則卒視將如父未有父在危難而子不致死故荀卿曰臣之於君也下之於上也如子弟之事父兄手足之捍頭目也夫美酒泛流三軍皆醉溫言一撫士同挾纊信乎以恩遇下古人所重也故兵法曰勤勞之師將必先已暑不張蓋寒不重衣險必下步軍井成而後飲軍食熟而後飯軍壘成而後舍

厚而不能使愛而不能令亂而不能治譬若驕子不可用也

曹操曰恩不可專用罰不可獨任若驕子之喜怒對目還害而不可用也○李筌曰雖厚愛人不令如驕子者有勃逆之心不可用也○杜牧曰黃石公曰士卒可下而不可驕夫恩以養士謙以接之故曰可下制之以法故曰不可驕陰符曰害生於恩吳起曰夫鼙鼓金鐸所以威耳旌旗麾章所以威目禁令刑罰所以威心耳威於聲

不得不清目威於色不得不明心威於刑不得不嚴三者不立必敗
於敵故曰將之所揮莫不從移將之所指莫不前死衛公李靖曰古
之善爲將者必能十卒而殺其三次者十殺其一十殺其三威振於
敵國十殺其一令行於三軍是知畏我者不畏敵畏敵者不畏我善
無細而不賞惡無微而不貶馬謖軍敗葛亮對泣而行誅鄉人盜笠
呂蒙垂涕而後斬馬逸犯禾曹公割髮而自刑兩掾辭屈黃蓋詰問
而俱斬故能威克其愛雖少必濟愛加其威雖多必敗○孟氏曰唯
務行恩恩勢已成刑之必怨唯務行刑刑怨已深恩之不附必使恩
威相參賞罰並用然後可以爲將可以統衆也○梅堯臣曰厚養而
不使愛寵而不教亂法而不治譬如驕子安得而用也○王晳曰恩
不以嚴未可濟也○何氏曰言恩不可純任純任則還爲己害○張
預曰恩不可以專用罰不可以獨行專用恩則卒如驕子而不能使
此曹公所以割髮而自刑卧龍所以垂泣而行戮楊素所以流血盈
前而言笑自若李靖所以十殺其三使畏我而不畏敵也獨行罰則
士不親附而不可用此古將所以投醪楚子所以挾纊吳起所以分
衣食闔閭所以同勞佚也在易之師初六曰師出以律謂齊衆以法

也九二曰師中承天寵謂勸士以賞也以此觀之王者之兵亦德刑
參任而恩威並行矣尉繚子曰不愛悅其心者不我用也不嚴畏其
心者不我舉也故善將者愛與畏而已

知吾卒之可以擊而不知敵之不可擊勝之半也

梅堯臣曰知己而不知彼或有勝耳

知敵之可擊而不知吾卒之不可以擊勝之半也

杜牧曰可擊者勇敢輕死也不可擊者頓弊怯弱也○陳皥曰此說非也可擊不可擊者所謂
兵衆孰強士卒孰練賞罰孰明也○梅堯臣曰知彼而不知己或有
勝耳○王晳曰知己不知彼知彼不知己皆未可以決勝也○張預
曰或知己而不知彼或知彼而不知己則有勝有負也唐太宗曰吾
嘗臨陣先料敵心與己之心孰審然後彼可得而知焉察敵氣與己
之氣孰治然後我可得而知焉言料心審治亂察氣見強弱形也可
戰與不可戰也

知敵之可擊知吾卒之可以擊而不知

地形之不可以戰勝之半也曹操李筌曰勝之半者未可知也○杜牧曰地形者險易遠近出入迂直也○梅堯臣曰知彼知己而不知地形亦或不勝○王晳曰雖知彼己可以戰然不可虧地利也○張預曰既知己而又知彼但不得地形之助亦不可全勝

故知兵者動而不迷舉而不窮杜牧曰未動未舉勝負已定故動則不迷舉則不窮也一云動而不困舉而不頓○陳皥曰窮者困也我若識彼此之動否量地形之得失則進而不迷戰而不困者也○梅堯臣曰無所不知則動不迷闇舉不困窮也○王晳曰善計者不迷善軍者不窮○張預曰不妄動故動則不誤不輕舉故舉則不困識彼我之虛實得地形之便利而後戰也

故曰知彼知己勝乃不殆張預曰曉攻守之術則有勝而無危

知天知地勝乃不窮李筌曰人事天時地利三者同知則百戰百勝○杜佑曰知地之便知天之時地之便依險阻向高陽也天之時順寒暑法刑德也既能知彼知己又按地形法天道勝乃可全又何難也○梅堯臣曰知彼利知此利故不危知天時知地形故不極○王晳同梅堯臣註○張預曰順天時得地利取勝無極

九地篇

曹操曰欲戰之地有九○李筌曰勝敵之地有九故次地形之下○王晳曰用兵之地利害有九也○張預曰用兵之地其勢有九此論地勢故次地形

孫子曰用兵之法有散地有輕地有爭地有交地有衢地有重地有圮地有圍地有死地曹操曰此九地之名也○張預曰此九地之名

諸侯自戰其地爲散地曹操曰士卒戀土道近易散○李筌曰卒恃土懷妻子急則散是爲散地也○杜牧曰士卒近家進無必死之心退有歸投之處○杜佑曰戰其境內之

地士卒意不專有潰散之心故曰散地○梅堯臣同杜牧註○王晳同曹操註○何氏曰散地士卒恃之懷戀妻子急則散走是爲散地一曰地無關鍵士卒易散走居此地者不可數戰又曰地遠四平更無要害志意不堅而易離故曰散地呉王問孫武曰散地士卒顧家不可與戰則必固守不出若敵攻我小城掠吾田野禁吾樵採塞吾要道待吾空虛而急來攻則如之何武曰敵人深入吾都多背城邑士卒以軍爲家專志輕鬭吾兵在國安土懷生以陳則不堅以鬭則不勝當集人合衆聚穀蓄帛保城備險遣輕兵絶其糧道彼挑戰不得轉輸不至野無所掠三軍困餒因而誘之可以有功若欲野戰則必因勢依險設伏無險則隱於天氣陰晦昏霧出其不意襲其懈怠可以有功○張預曰戰於境内士卒顧家是易散之地也郎人將伐楚師楚鬬廉曰郎人軍其郊必不誡恃近其城莫有鬬志果爲楚所則是也

入人之地而不深者爲輕地

曹操曰士卒皆輕返也○杜牧曰師出越境必焚舟梁示民無返顧之心○李筌曰輕於退也○梅堯臣曰入敵未遠道近輕返○王晳曰初涉敵境勢輕士未有鬬志也○何氏曰輕地者輕於退也入敵境未深往返輕易不可止息將不得數動勞人呉王問孫武曰吾至輕地始入敵境士卒思還難進易退未背險阻三軍恐懼大將欲進士卒欲退上下異心敵守其城壘整其車騎或當吾前或擊吾後則如之何武曰軍至輕地士卒未專以入爲務無以戰爲故無近其名城無由其通路設疑佯惑示若將去選驍騎啣枚先入掠其牛馬六畜三軍見得進乃不懼分吾良卒密有所伏敵人若來擊之勿疑若其不至捨之而去又曰軍入敵境敵人固壘不戰士卒思歸欲退且難謂之輕地當選驍兵伏要路我退敵追來則擊之也○張預曰始入敵境士卒思還是輕返之地也尉繚子曰征役分軍而歸或臨戰自北則逃傷甚焉言民兵四集分域占地使北來者當北道則多逃以其開之耳

我得則利彼得亦利者爲爭地

曹操曰可以少勝衆弱擊強○李筌曰此阨喉守險地先居者勝是爲爭地也○杜牧曰必爭之地乃險要也前秦苻堅先遣大將呂光討西域堅敗績後光自西域還師至宜禾堅涼州刺史梁熙謀拒之高昌太守楊翰曰呂光新定西國兵強氣鋭其鋒不可當

若出流沙其勢難測高梧谷口險要宜先守之而奪其水彼既困渴人自然投戈如以爲遠不可守伊吾之關亦可拒之若廢此二要難爲計矣地有所必爭真此機也熙不從竟爲光所滅也○陳皥曰彼我若先得其地者則可以少勝衆弱勝強也○杜佑曰謂山水阨口有險固之利兩敵所爭○梅堯臣曰無我無彼先得則利○王晳同陳皥註○何氏曰爭地便利之地先居者勝是以爭之吳王問孫武曰敵若先至據要保利簡兵練卒或出或守以備我奇則如之何武曰爭地之法先據爲利敵得其處愼勿攻之引而佯走建旗鳴鼓趣其所愛曳柴揚塵惑其耳目分吾良卒密有所伏敵必出救人欲我與人棄我取此爭先之道也若我先至而敵用此術則選吾銳卒固守其所輕兵追之分伏險阻敵人還鬭伏兵旁起此全勝之道○張預曰險固之利彼我得之皆可以少勝衆弱勝強者是必爭之地也唐太宗以三千人守成皐之險坐困竇建德十萬之衆是也

我可以往彼可以來者爲交地

曹操曰道正相交錯也○杜牧曰川廣地平可來可往足以交戰對壘○陳皥曰交錯是也言其道路交横彼我可以來往如此之地則須兵士首尾不絶切宜備之故下文云交地吾將謹其守其義可見也○杜佑曰交地有數道往來交相無可絶○梅堯臣同陳皥註○何氏曰交地平原交通也一曰可以交結不可杜絶之絶之致隙又曰交通四遠不可遏絶吳王問孫武曰交地吾將絶敵使不得來必令吾邊城修其守備深絶通路固其隘塞若不先圖之敵人已備彼可得而來吾不得而往衆寡又均則如之何武曰既我不可以往彼可以來吾分卒匿之守而易怠示其不能敵人且至設伏隱廬出其不意可以有功也○張預曰地有數道往來通達而不可阻絶者是交錯之地也

諸侯之地三屬

曹操曰我與敵相當而旁有他國也○孟氏曰若鄭界於齊楚晉是也

先至而得天下之衆者爲衢地

曹操曰先至得其國助也○李筌曰對敵之傍有一國爲之屬先往而通之得其衆也○杜牧曰衢地者三屬之地我須先至其衝據其形勢結其旁國也天下猶言諸侯也○梅堯臣曰彼我相當有旁國三面之〻先至則得諸侯之助也○王晳曰曹公云先至得其國助晳謂先至者結

交先至也言天下者謂能屬助則天下可從○何氏曰衢地者地屬衢控帶數道先據此地衆必從之故得之則安失之則危也吳王闔孫武曰衢地必先若吾道遠發後雖馳車驟馬至不能先則如之何武曰諸侯參屬其道四通我與敵相當而旁有他國所謂先者必先重幣輕使約和旁國交親結恩兵雖後至衆已屬矣我有衆助彼失其黨諸國犄角震鼓齊攻敵人驚恐莫知所當○張預曰衢者四通之地我所敵者當其一面而旁有鄰國三面相連屬當往結之以為己援先至者謂先遣使以重幣約和旁國也兵雖後至已得其國助矣

入人之地深背城邑多者為重地曹操曰難返之地○李筌曰堅志也白起攻楚樂毅伐齊皆為重地○杜牧曰入人之境已深過人之城已多津梁皆為所恃要衝皆為所據還師返旆不可得也○杜佑曰難返還也背去也背與倍同多道里也遠去已城郭深入敵地心專意一謂之重地也○梅堯臣曰乘虛而入涉地愈深過城已多津要絕塞故曰重難之地○王晳曰兵至此者事勢重也○何氏曰重地者入敵已深國糧難應資給將士不掠何取吳王問孫武

曰吾引兵深入重地多所踰越糧道絕塞設欲歸還勢不可過欲食於敵持兵不失則如之何武曰凡居重地士卒輕勇轉輸不通則掠以繼食下得粟帛皆貢於上多者有賞士卒無歸意若欲還出即為戒備深溝高壘示敵且久敵疑通途私除要害之道乃令輕車銜枚而行以牛馬為餌敵人若出鳴鼓隨之陰伏吾士與之中期內外相應其敗可知也○張預曰深涉敵境多過敵城士卒心專無有歸志是難退之地也司馬景王謂諸葛恪卷甲深入其鋒不可當是也

行山林險阻沮澤凡難行之道者為圮地曹操曰少固也○賈林曰經水所毀曰圮沮洳圮地不得久留宜速去也○梅堯臣曰水所毀圮行則猶難況戰守乎○何氏曰圮地者少固之地也不可為城壘溝隍宜速去之吳王問孫武曰吾入圮地山川險阻難從之道行久卒勞敵在吾前而伏吾後營在吾左而守吾右良車驍騎要吾隘道則如之何武曰先進輕車去軍十里與敵相候接期險阻或分而左或分而右大將四觀擇空而取皆會中道倦而乃止○張預曰險阻漸洳之地進退艱難而無所依

所由

入者隘所從歸者迂彼寡可以擊吾之衆者爲圍地李筌曰舉動難也○杜牧曰出入艱難易設奇伏覆勝也○杜佑曰所從入阨險歸道遠也持久則糧乏故敵可以少擊吾衆者爲圍地也○梅堯臣曰山川圍繞入則隘歸則迂也○何氏曰圍地入則隘險歸則迂回進退無從雖衆何用能爲奇變此地可由吳王問孫武曰吾入圍地前有強敵後有險難敵絕我糧道利我走勢敵鼓譟不進以觀吾能則如之何武曰圍地之宜必塞其闕示無所往則以軍爲家萬人同心三軍齊力并炊數日無見火煙故爲毀亂寡弱之形敵人見我備之必輕則告勵士卒令其奮怒陳伏良卒左右險阻擊鼓而出敵人若當疾擊務突我則前鬬後拓左右掎角也又曰敵在吾圍伏而深謀示我以利縈我以旗紛紜若亂不知所之奈何武曰千人操旌分塞要道輕兵進挑陳而勿搏交而勿去此敗謀之法○張預曰前狹後險之地一人守之千人莫向則以奇伏勝

疾戰則存不疾戰則亡者爲死地曹操曰前有高山後有大水進則不得退則有礙○李筌曰阻山背水食盡利速不利緩也○杜牧曰衛公李靖曰或有進軍行師不因鄉導陷於危敗爲敵所制左谷右山束馬懸車之逕前窮後絕鴈行魚貫之巖兵陳未整而強敵忽臨進無所憑退無所固求戰不得自守莫安駐則日月稽留動則首尾受敵野無水草軍乏資糧馬困人疲智窮力極一人守隘萬夫莫向如彼要害敵先據之如此之利我已失守縱有驍兵利器亦何以施其用乎若此死地疾戰則存不疾戰則亡當須上下同心併氣一力抽腸濺血一死於前因敗爲功轉禍爲福此乃是也○陳皥曰人在死地如坐漏船伏燒屋○賈林曰左右高山前後絕澗外來則易內出則難誤居此地速爲死戰則生若待士卒氣挫糧儲又無而持久不死何待○梅堯臣曰前不得進後不得退旁不得走不得不速戰也○何氏曰死地力戰或生守隅則死吳王問孫武曰吾師出境軍於敵人之地敵人大至圍我數重欲突以出四塞不通欲勵士激衆使之投命潰圍則如之何武曰深溝高壘示爲守備安靜勿動以隱吾能告令三軍示不得已殺牛燔車以饗吾士燒盡糧食填夷井竈割髮捐冠絕去生慮將無餘謀士有死志於是砥

甲礪刃并氣一力或攻兩旁震鼓疾譟敵人亦懼莫知所當銳卒分
行疾攻其後此是失道而求生故曰困而不謀者窮窮而不戰者亡
吳王曰若吾圍敵則如之何武曰山峻谷險難以踰越謂之窮寇擊
之之法伏卒隱廬開其去道示其走路求生透出必無鬬意因而擊
之雖衆必破兵法又曰若敵人在死地士卒勇氣欲擊之法順而勿
抗陰守其利必開去道以精騎分塞要路輕兵進而誘之陳而勿戰
敗謀之法也○張預曰山川險隘進退不能糧絶
於中敵臨於外當此之際勵士決戰而不可緩也

是故散地則無戰

李筌曰恐走散也○杜牧曰巳具其上○賈林曰地無
關闔卒易散走居此地者不可數戰地形之說一家之
理若號令嚴明士卒愛服死且不顧何散之有○梅堯臣曰我兵在
國安土懷生陳則不堅鬬則不勝是不可以戰也○王晳曰凄於戰
則懼散○張預曰士卒懷生不可輕戰吳王問孫武曰散地不可戰
則必固守不出若敵攻我小城掠吾田野禁吾樵採塞吾要道待吾
空虛而來急攻則如之何武曰敵人深入專志輕鬬吾兵安土陳則
不堅戰則不勝當集人聚穀保城備險輕兵絶其糧道彼挑戰不得

轉輸不至野無所掠三軍困餒因而誘之可以有功若欲野戰
則必因勢依險設伏無險則隱於陰晦出其不意襲其懈怠

輕地則無止

李筌曰恐逃○杜牧曰兵法之所謂輕地者出軍行
師始入敵境未背險要士卒思還難進易退以入爲
難故曰輕地此當必選精騎密有所伏敵人卒至擊之勿疑若是不
至踰之速去○杜佑曰志未堅不可遇敵○梅堯臣曰始入敵境未
背險阻士心不專無以戰爲勿近名城勿由通路以速進爲利○王
晳曰無故不當止也○張預曰士卒輕返不可輒留吳王曰士卒思
還難進易退未背險阻三軍恐懼則如之何武曰軍在輕地士卒未
專以入爲務無以戰爲故無近其名城無由其通路設疑佯惑示若
將去乃選精騎嘴銜枚先入掠其六畜三軍見得進乃不懼分
吾良卒密有所伏敵人若來擊之勿疑若其不至捨之而去

爭地則無攻

曹操曰不當攻當先至爲利也○李筌曰敵先居地險
不可攻○杜牧曰無攻者[illegible]已先得其地則不
形勝之地先據者利[illegible]其處則不可攻
[illegible]爭之[illegible]先至之地[illegible]王曰[illegible]先至據要保

利簡兵練卒或出或守以備我奇則如之何武曰爭地之法讓之者得求之者失敵得其處愼勿攻之引而佯走建旗鳴鼓趣其所愛曳柴揚塵惑其耳目分吾良卒密有所伏敵必出救人欲我與人棄我取此爭先之道也若我先至而敵用此術則選吾銳卒固守其所輕兵追之分伏險阻敵人還鬭伏兵旁起此全勝之道也

交地則無絶 曹操曰相及屬也○李筌曰不可絶間也○杜牧曰川廣地平四面交戰須車騎部伍首尾聯屬不可使之斷絶恐敵人因而乘我○賈林曰可以交結不可杜絶絶之致隙○杜佑曰相及屬也俱可進退不可以兵絶之○梅堯臣曰道旣錯通恐其邀截當令部伍相及不可斷也○王晳曰利糧道也交相往來之地亦謂之通地居高陽以待敵宜無絶糧道○張預曰往來交通不可以兵阻絶其路當以奇伏勝也吳王曰交地吾將絶敵使不得來必令吾邊城修其守備深絶通道固其隘塞若不先圖之敵人已備彼可得而來吾不得而往衆寡又均則如之何武曰旣我不可以往彼可以來則分卒匿之守而易怠示其不能敵人且至設伏隱廬出其不意

衢地則合交 曹操曰結諸侯也○李筌曰結行也○杜牧曰諸侯即上文云旁國也○孟氏曰得交則安失交則危也○梅堯臣曰地雖四通何以得天下之助當以重幣合○王晳曰四通之境非交援不強○張預曰四通之地先交結旁國也吳王曰衢地貴先若吾道遠而發後雖馳車驟馬至不得先則如之何武曰諸侯參屬其道四通我與敵相當而旁有他國所謂先者必重幣輕使約和旁國交親結恩兵雖後至衆已屬矣簡兵練卒阻利而處我有衆助彼失其黨諸國犄角敵人莫當

重地則掠 曹操曰畜積糧食也○李筌曰深入敵境不可非義失人心也漢高祖入秦無犯婦女無取寶貨得人心如此筌以掠字爲無掠字○杜牧曰言居於重地進未有利退復不得則須運糧爲持久之計以伺敵也○孟氏曰因糧於敵也○梅堯臣曰去國旣遠多背城邑糧道必絶則掠畜積以繼食○王晳曰深入敵境則掠其饒野以豐儲也難地食少則危○張預曰深入敵境饋餉不繼當勵士掠食以備其乏也吳王曰重地多逾城邑糧道絶塞設欲歸還勢不可過則如之何武曰凡居重地士卒輕勇轉輸不通則掠以繼食下得粟帛皆貢於上多者有賞若欲還出深溝高壘示敵

凡人求疑通途私除要害乃令輕車啣枚而行揚其塵埃餌以牛而敵人若出鳴鼓隨之陰伏吾士與之中期內外相應其敗可知

圮地則行曹操曰無稽留也○李筌曰不可為溝隍宜急去之○梅堯臣曰既毀圮不可依止則當速行勿稽留也○王晳曰合聚軍衆圮無舍止○張預曰難行之地不可稽留也吳王曰山川險阻難從之道行久卒勞敵在吾前而伏吾後營在吾左而守吾右良車驍騎要吾隘道則如之何武曰先進輕車去軍十里與敵相候接期險阻或分而左或分而右大將四觀擇空而取皆會中道倦而乃止

圍地則謀曹操曰發奇謀也○李筌曰智者不困○杜牧曰難阻之地與敵相持須用奇險詭譎之計○杜佑曰居此當權謀詐譎可以免難○梅堯臣曰前有隘後有險歸道又迂則發謀慮以取勝○張預曰難以力勝易以謀取也吳王曰前有強敵後有險難敵絕我糧道利我走勢彼鼓譟不進以觀吾能則如之何武曰圍地必塞其闕示無所往則以軍為家萬人同心三軍齊力并炊數日無見火煙故為毀亂寡弱之形敵人見我備之必輕則告勵士卒令其奮怒陳伏良卒左右險阻擊鼓而出敵人若當

疾擊務突則前鬬後拓左右掎角

死地則戰曹操曰殊死戰也○李筌曰殊死戰不求生矣○陳皥曰陷在死地則軍中人人自戰故曰置之死地而後生也○賈林曰力戰或生守隅則死○梅堯臣曰前後左右無所之示必死人人自戰也○張預曰陷在死地則人人自為戰吳王曰敵人大至圍我數重欲突以出四塞不通欲勵士激衆使之投命則如之何武曰深溝高壘安靜勿動告令三軍示不得已殺牛燔車以饗吾士燒盡糧食填夷井竈割髮捐冠絕去生慮砥甲礪刃并氣一力或攻兩旁震鼓疾譟敵人亦懼莫知所當銳卒分行疾攻其後此是失道而求生故曰困而不謀者窮窮而不戰者亡

所謂古之善用兵者能使敵人前後不相及梅堯臣曰設奇衝掩**衆寡不相恃**梅堯臣曰驚撓之也**貴賤不相救**梅堯臣曰散亂也**上下不相收**梅堯臣曰倉惶也**卒離而不集兵合而不齊**李筌曰設變以疑之救左

則斅之其右惶亂不暇計〇杜牧曰多設變詐以亂敵人或衝前掩後或驚東擊西或立僞形或張奇勢我則無形以合戰敵則必備而衆分使其章㒰離散上下驚擾不能和合不得齊集此善用兵也〇孟氏曰多設疑事出東見西攻南引北使彼狂惑散擾而集聚不得也〇梅堯臣曰或已離而不能集或雖合而不能齊〇王晳曰將有擾劣則然要在於奇正相生手足相應也〇張預曰出其不意掩其無備驍兵銳卒猝然突擊彼救前則後虛應左則右隙使倉惶散亂不知所禦將吏士卒不能相赴其卒已散而不復聚其兵雖合而不能一

合於利而動不合於利而止

曹操曰暴之使離亂之使不齊動兵而戰〇李筌曰撓之令見利乃動不亂則止〇梅堯臣曰然能使敵若此當須有利則動無利則止〇張預曰彼雖驚擾亦當有利則動無利則止

敢問敵衆整而將來待之若何

曹操曰或問也〇梅堯臣曰此設疑以自問言敵人甚衆將又嚴整我何以待之耶〇張預曰前所陳者須兵衆相敵然後可爲故或人問武曰彼兵衆於我而又整肅則以何術待之也

曰先奪其所愛則聽矣

曹操曰奪其所恃之利若先據利地則我所欲必得也〇李筌曰孫子故立此問者以此爲祕要也所愛謂敵所便愛也或財帛子女吾先囚辱之則敵進退皆聽也〇杜牧曰據我便地略我田野利其糧道斯三者敵人之所愛惜倚恃者也若能俱奪之則敵人雖強進退勝敗皆須聽我也〇陳皞曰愛者不止所恃利但敵人所顧之事皆可奪也〇梅堯臣曰當先奪其所顧愛則我志得行然後使其驚撓散亂無所不至也〇王晳曰先據利地以奇兵絕其糧道則如我之謀也〇張預曰武曰敵所愛者便地與糧食耳我先奪之則無不從我之計

兵之情主速乘人之不及由不虞之道攻其所不戒也

曹操曰孫子應難以覆陳兵情也〇李筌曰不虞不戒破敵之速〇杜牧曰此統言兵之情狀以乘敵間隙由不虞之道攻其不戒之處此乃兵之深情將之至事也〇陳皞曰此言乘敵之有不及不虞不戒之便則須速進不可遲疑也蓋孫子之旨言用兵貴其疾速也〇梅

孟氏曰兵機貴速當乘人之不備乘人之不備者行不虞之道攻其不戒之所也○王晳曰兵上神速尤當然也○何氏曰如蜀將孟達之降魏魏朝以達領新城太守達復連吳固蜀潛圖中國謀洩司馬宣王秉政恐達速發以書紿達以安之達得書猶與不決宣王乃潛軍進討諸將皆言達與二賊交搆宜審察而後動宣王曰達無信義此其相疑之時也當及其未定往討之乃倍道兼行八日到其城下吳蜀各遣其將向西城安橋木闌塞以救達宣王分諸將拒之初達與諸葛亮書曰宛去洛八百里去吾一千一百里聞吾舉事當表上天子比相反覆一月間也則吾城已固諸軍足辦所在深險司馬公必不自來諸將來吾無患矣及兵到達又告亮曰吾舉事八日而兵至城下何其神速也上庸城三面阻水達於城下為木柵以自固宣王渡水破其柵直造城下八道攻之旬有六日達甥鄧賢將李輔等開門出降遂斬達李靖征蕭銑集兵於夔州銑以時屬秋潦江水泛漲三峽路險必謂靖不能進遂休兵不設備九月靖乃率師而進將下峽諸將皆請停兵待水退靖曰兵貴神速機不可失今兵始集銑尚未知若乘水漲之勢倏忽至城下所謂疾雷不及掩耳此兵家

上策縱彼知我倉卒徵兵無以應敵此必成擒也遂降蕭銑衛公兵法曰兵用上神戰貴其速簡練士卒申明號令曉其目以麾幟習其耳以鼓金嚴賞罰以誡之重芻粟以養之浚溝壍以防之指山川以導之召才能以任之述奇正以教之如此則雖敵人有雷電之疾而我則有所待也若兵無先備則不應卒卒不應則失於機失於機則後於事後於事則不制勝而軍覆矣故呂氏春秋云凡兵者欲急捷所以一決取勝不可久而用之矣故曰兵之情雖主速乘人之不及然敵將多謀戎卒輯睦令行禁止兵利甲堅氣銳而嚴力全而勁豈可速而犯之邪答曰若此則當卷迹藏聲蓄盈待竭避其鋒勢與其持久安可犯之哉廉頗之拒白起守而不戰宣王之抗武侯抑而不進是也○張預曰復謂或人曰用兵之理惟尚神速所貴乎速者乘人之倉卒使不及為備也出兵於不虞之徑以掩其不戒故敵驚擾散亂而前後不相及衆寡不相待也

凡為客之道深入則專主人不克

李筌曰夫為客深入則志堅一主人不能禦也○杜牧曰言大凡為攻伐之道若深入敵人之境士卒有必死之志其心專一主人不能勝

我也惢者勝也○梅堯臣曰爲客者入人之地深則士卒專精主人不能克我○張預曰深涉敵境士卒心專則爲主者不能勝也客在重地主在輕地故耳趙廣武君謂韓信去國遠鬬其鋒不可當是也

掠於饒野三軍足食

王晳曰饒野多稼穡

謹養而勿勞并氣積力運兵計謀爲不可測

曹操曰養士并氣運兵爲不可測度之計○李筌曰氣盛力積加之以謀慮則非敵之可測○杜牧曰斯言深入敵人之境須掠田野使我足食然後閉壁養之勿使勞苦氣全力盛一發取勝動用變化使敵人不能測我也○陳皥曰所處之野須水草便近積蓄不乏謹其來往善撫士卒王翦伐楚楚人挑戰翦不出勤於撫御并兵一力聞士卒投石爲戲知其養勇思戰然後用之一舉遂滅楚但深入敵境未見可勝之利則須爲此計○梅堯臣曰掠其富饒以足軍食息人之力并兵爲不可測之計○王晳曰謹養謂撫循飲食周謹之也并銳氣積餘力形藏謀密使敵不測俟其有可勝之隙則進之○張預曰兵在重地須掠糧於富饒之野以豐吾食乃堅壁

自守勤撫士卒勿任以勞苦令氣盛而力全常爲不可測度之計伺敵可擊則一舉而克王翦伐荊常用此術

投之無所往死且不北

李筌曰能得其力者投之無往之地○杜牧曰投之無所往謂前後進退皆無所之士以此皆求力戰雖死不北也○梅堯臣曰置在必戰之地知死而不退走○張預曰置之危地左右前後皆無所往則守戰至死而不奔北矣

死焉不得

曹操曰士死安不得也○杜牧曰言士必死安有不得勝之理○孟氏曰士死無不得也○梅堯臣曰兵焉得不用命○張預曰士卒死戰安不得志尉繚子曰一賊仗劒擊於市萬人無不避之者非一人之獨勇萬人皆不肖也必死與必生不侔也

士人盡力

曹操曰在難地心并也○梅堯臣曰士安得不竭力以赴戰○王晳曰人在死地豈不盡力○何氏曰獸困猶鬬鳥窮則啄況靈萬物者人乎○張預曰同在難地安得不共竭其力

兵士甚陷則不懼

杜牧曰陷於危險勢不獨死三軍同心故不懼也○梅堯臣同杜牧註○王晳曰陷之難地則不懼不懼則鬬志堅也○

張預曰陷在危亡之地人持必死之志豈復畏敵也無所往則固深入則拘曹操曰拘
縛也○李筌曰固堅也○杜牧曰往走也言深入敵境走無生路則人心堅固如拘縛者也○梅堯臣曰投無所往則自然心固入深則
自然志專也○張預曰動無所之人心堅固兵在重地走無所適則如拘係也不得已則鬭曹操曰人窮則
死戰也○李筌曰決命○杜牧曰不得已者皆疑陷在死地必不生以死救死盡不得已也則人皆悉力而鬭也○梅堯臣何氏同杜牧
註○張預曰勢不獲已須力鬭也是故其兵不修而戒不求而得
不約而親不令而信曹操曰不求索其意自得力也○李筌曰投之必死不令而得其用也○
杜牧曰此言兵在死地上下同志不待修整而自戒懼不待收索而自得心不待約令而自親信也○孟氏曰不求其勝而勝自得也○
梅堯臣曰不修而兵自戒不索而情自得不約而衆自親不令而人自信皆所以陷於危難故三軍同心也○王晳曰謂死難之地人心

自然故也○張預曰危難之地人自同力不修整而自戒慎不求索而得情意不約束而親上不號令而信命所謂同舟而濟則胡越何
患乎異心也禁祥去疑至死無所之曹操曰禁妖祥之言去疑惑之計一本作至
死無所災○李筌曰妖祥之言疑惑之事而禁之故無所災○杜牧曰黄石公曰禁巫祝不得為吏士卜問軍之吉凶恐亂軍士之心言
既去疑惑之路則士卒至死無有異志也○梅堯臣曰妖祥之事不作疑惑之言不入則軍必不亂死而後已○王晳曰災祥神異有以
惑人故禁止之○張預曰欲士死戰則禁止軍吏不得言妖祥之事恐惑衆也去疑惑之計則至死無他慮司馬法曰滅厲祥此之謂也
儻士卒未有必戰之心則亦有假妖祥以使衆者田單守即墨命一卒為神每出入約束必稱神遂破燕是也吾士無
餘財非惡貨也無餘命非惡壽也曹操曰皆燒焚財物非惡貨之
多也棄財致死者不得已也○杜牧曰若有財貨恐士卒顧戀有苟生之意無必死之心也○梅堯臣曰不得已竭財貨不得已盡死戰

○王晳曰足用而已士顧財富則媮生死戰而已士顧生路則無鬭志矣○張預曰貨與壽人之所愛也所以燒擲財寶割棄性命者非憎惡之也不得已也

令發之日士卒坐者涕霑襟偃臥者涕交頤

曹操曰皆持必死之計○李筌曰棄財與命有必死之志故割而流涕也○杜牧曰士皆以死爲約未戰之日先令曰今日之事在此一舉若不用命身膏草野爲禽獸所食也○梅堯臣曰決以死力牧說是也○王晳曰感勵之使然○張預曰感激之故涕泣也未戰之日先令曰今日之事在此一舉若不用命身膏草野爲禽獸所食或曰凡行軍饗士使酒拔劒起舞作朋角抵伐鼓叫呼所以增其氣若令涕泣無乃挫其壯心乎答曰先決其死力後激其銳氣則無不勝儻無必死之心其氣雖盛何由克之若荊軻於易水士皆垂淚涕泣及復爲羽聲忼慨則皆瞋目髮上指冠是也

投之無所往者諸劌之勇也

李筌曰夫獸窮則搏鳥窮則啄令急迫則專諸曹劌之勇也○杜牧曰言所投之處皆爲專諸曹劌之勇○梅堯臣曰既令以必死則所往皆有專諸曹劌之勇○張預曰人懷必死則所向皆有專諸曹劌之勇也專諸吳公子光使刺殺吳王僚曹劌當爲沫曹沫以勇力事魯莊公嘗執匕首劫齊桓公

故善用兵者譬如率然

梅堯臣曰相應之容易也

率然者常山之蛇也擊其首則尾至擊其尾則首至擊其中則首尾俱至

梅堯臣曰蛇之爲物也不可擊擊之則率然相應○張預曰率猶速也擊之則速然相應此喻陳法也八陳圖曰以後爲前以前爲後四頭八尾觸處爲首敵衝其中首尾俱救

敢問兵可使如率然乎

梅堯臣曰可使兵首尾率然相應如一體乎

曰可夫吳人與越人相惡也當其同舟而濟遇風其相救也如左右手

梅堯臣曰勢使之然○張預曰吳越仇讎也同

[illegible]難則相救如兩手況非仇讎者豈不猶率然之相應乎

是故方馬埋輪未足恃也

曹操曰方縛馬也埋輪示不動也此言專難不如權巧故曰雖方馬埋輪不足恃也○李筌曰投兵無所往之地人自鬬如蛇之首尾故吳越之人同舟相救雖縛馬埋輪未足恃也○杜牧曰縛馬使爲方陳埋輪使不動雖如此亦未足稱爲專固而足爲恃須任權變置士於必死之地使人自爲戰相救如兩手此乃守固必勝之道而足爲恃也○陳皡曰人之相惡莫甚吳越同舟遇風而猶相救何則勢使之然也夫用兵之道若陷在必戰之地使懷俱死之憂則首尾前後不得不相救也有吳越之惡猶如兩手相救況無吳越之惡乎蓋言貴於設變使之則勇怯之心一也○梅堯臣同杜牧註○王晳曰此謂在難地自相救耳蛇之首尾人之左右手皆喻相救之敏也同舟而濟在險難也吳越猶無異心況三軍乎故其足恃甚於方馬埋輪曹公說是也○張預曰上文歷言置兵於死地使人心專固然此未足爲善也雖置之危地亦須用權智使人令相救如左右手則勝矣故曰雖縛馬埋輪未足恃固以取勝所可必恃者要使士卒相應如一體也

齊勇若一政之道也

李筌曰齊勇者將之道○杜牧曰齊正勇敢三軍如一此皆在於爲政者也○陳皡曰政令嚴明則勇者不得獨進怯者不得獨退三軍之士如一也○梅堯臣曰使人齊勇如一心而無怯者得軍政之道也○王晳同梅堯臣註○張預曰既置之危地又使之相救則三軍之衆齊力同勇如一夫是軍政得其道也

剛柔皆得地之理也

曹操曰強弱一勢也○李筌曰剛柔得者因地之勢也○杜牧曰強弱之勢須因地形而制之也○梅堯臣曰兵無強弱皆得用者是因地之勢也○王晳曰剛柔猶強弱也言三軍之士強弱皆得其用者地利使之然也曹公曰強弱一勢是也○張預曰得地利則柔弱之卒亦可以克敵況剛強之兵乎剛柔俱獲其用者地勢使之然也

故善用兵者攜手若使一人不得已也

曹操曰齊一貌也○李筌曰理衆如理寡也○杜牧曰言使三軍之士如牽一夫之手不得已皆須從我之命喻易也○賈林曰攜手翻迭之貌便於回運以[illegible]爲

後以後爲前以左爲右以右爲左故百萬之衆如一人也○梅堯臣曰
用三軍如攜手使一人者勢不得已自然皆從我所揮也○王晳
曰攜使左右前後率從我也○張預曰三軍雖衆如提一人之手
而使之言齊一也故曰將之所揮莫不從移將之所指莫不前死將
軍之事靜以幽正以治曹操曰謂清淨幽深平正○杜
牧曰清淨簡易幽深難測平正
無偏故能致治○梅堯臣曰靜而幽邃人不能測正而自治人不能
撓○王晳曰靜則不撓幽則不測正則不媮治則不亂○張預曰其
謀事則安靜而幽深人不能測其
御下則公正而整治人不敢慢能愚士卒之耳目使
之無知曹操曰愚誤也民可與樂成不可與慮始○李筌曰爲
謀未熟不欲令士卒知之可以樂成不可與謀始是以
先愚其耳目使無見知○杜牧曰言使軍士非將軍之令其他皆不
知如聾如瞽也○梅堯臣曰凡軍之權謀使由之而不使知之○王
晳曰杜其見聞○何氏同杜牧註○張
預曰士卒懵然無所聞見但從命而已易其事革其謀使

人無識李筌曰謀事或變而不識其原○杜牧曰所爲之事所
有之謀不使知其造意之端識其所緣之本也○梅堯
臣曰改其所行之事變其所爲之謀無使人能識也○王晳曰已行
之事已施之謀當革易之不可再也○何氏曰將術以不窮爲奇也
○張預曰前所行之事舊所發之謀皆變易之使人不可知也若裴
行儉令軍士下營訖忽使移就崇岡初將吏皆不悅是夜風雨暴至
前設營所水深丈餘將士驚服因問曰何以知風雨
也行儉笑曰自今但依吾節制何須問我所由知也易其居迂
其途使人不得慮李筌曰行路之便衆人不得知其情○
杜牧曰易其居去安從危迂其途捨近
即遠士卒有必死之心○陳皞曰將帥凡舉一事切委曲而致之無
使人得計慮者○賈林曰居我要害能使自移途近於我能使迂之
發機微路人不能知也○梅堯臣曰更其所安之居迂其所趨之途
無使人能慮也○王晳曰處易者將致敵以求戰也迂途者示遠而
密襲也○張預曰其居則去險而就易其途則捨近而從遠[illegible]初不
曉其旨及勝乃服太白山人曰兵貴詭道者非止詭敵也抑詭我士